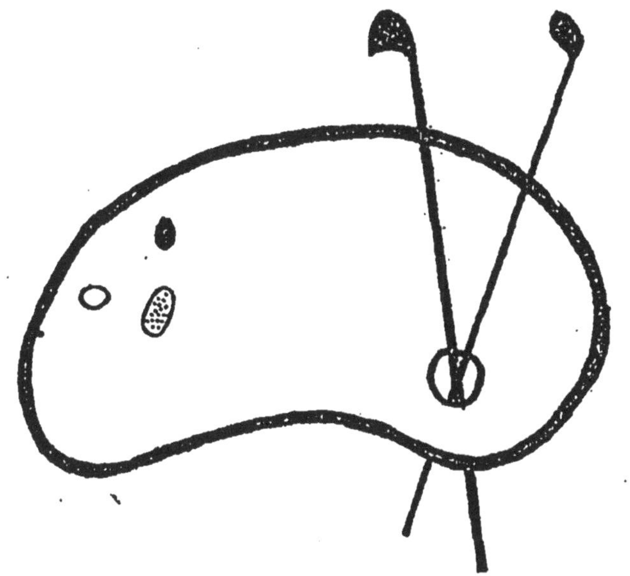

PARIS-UN-DE-PLUS

PAR

LES AUTEURS DES MÉMOIRES DE BILBOQUET

Prix : 50 centimes.

PARIS. — 1854
IE D'ALPHONSE TARIDE
GALERIE DE L'ODÉON

LISTE DES PETITS-PARIS :

Paris-Boursier.
Paris-Comédien.
Paris-Journaliste.
Paris-Lorette.
Paris-Restaurant.
Paris-Bohème.
Paris-Grisette.
Paris-Gagne-petit.
Paris-Viveur.
Paris-Actrice.
Paris-Portière.
Paris-en-Voyage.
Paris-en-omnibus.
Paris-Saltimbanque.
Paris-Etudiant.
Paris-Médecin.
Paris-Propriétaire.
Paris-Mariage.
Paris-Avocat.
Paris-..... un-de-plus.
Paris-Faublas.
Paris-Toqué.
Paris-Joueur.
Paris-Café.
Paris-Etrennes.
Paris-Inconnu.
Paris-Notaire.
Paris-Canotier.
Paris-Fumeur.
Paris-Rapin.
Paris-Musicien.
Paris-Bas-bleu.
Paris-Domestique.
Paris-Moutard.
Paris-Misère.
Paris-Débiteur.
Paris-Tartufe.
Paris-Flâneur.
Paris-Voleur.
Paris-Millionnaire.
Paris-Canaille.
Paris-Prêtre.
Paris-Troupier.
Paris-Farceur.
Paris-Prolétaire.
Paris-Bric-à-Brac.
Paris-Prophétique.
Paris-Vaudevilliste.
Paris-Solliciteur.
P[illegible]s-Surnuméraire.

CONDITIONS DE LA SOUSCRIPTION :

Chaque Petit-Paris formera un joli volume in-18 de 50 cent.

Les personnes de la Province qui enverront un mandat de *six francs* sur la poste à l'éditeur recevront *franco* à leur domicile les dix premiers volumes.

Imprimerie de Ch. Lahure (ancienne maison Crapelet)
rue de Vaugirard, 9, près de l'Odéon.

PARIS-....-UN-DE-PLUS

Imprimerie de Ch. Lahure (ancienne maison Crapelet)
rue de Vaugirard, 9, près de l'Odéon.

PARIS-....-UN-DE-PLUS.

I.

Petite préface

— Pourquoi *un de plus?*
— Parce que....
— Mais encore?

— Vous exigez une explication, je m'explique.

Dans ce siècle éminemment moral, éminemment pudique, éminemment réparateur, il est de certains mots plus français que l'Académie française, des mots qui avaient droit de bourgeoisie à la cour de Louis XIV et dont Mme de Maintenon ne craignait pas de se servir dans quelques-unes de ses lettres à Mme de Saint-Géran, à Mme de Caylus et à l'abbé Gobelain ; ces mots, un galant homme se les permet quelquefois en petit comité, mais il ne se hasarderait jamais à les écrire. Qui pourrait nier les progrès qu'a faits depuis une cinquantaine d'années la morale publique.... du langage?

Un de plus est donc un trope, une métaphore, un synonyme adouci, une feuille de vigne!

Tous les écrivains de notre temps qui ont voulu aborder de front l'importante question que nous allons traiter, qui ont voulu, comme on dit, la prendre par les cornes, ont eu recours néanmoins à des artifices de langage. Ceux-ci ont déguisé le monstre sous l'épithète de *prédestiné*, ceux-là l'ont recouvert de bandelettes encore plus métaphoriques, Balzac l'a appelé le *Minotaure*.

J'entends d'ici un adepte de l'école truculente qui me crie :

— Mais, monsieur, Molière n'y allait pas par quatre chemins....

— On peut très-impertinemment placer en tête d'un livre le mot dont se servait Molière et n'être pas Molière, demandez-le plutôt à M. Paul de Kock.

II.

Le monstre !

O monstre! toi que les uns appellent cocuage et les autres adultère, fruit défendu, dessert clandestin, c'est surtout à Paris que tu es fêté, choyé, caressé, adulé; ton royaume est partout où l'homme et la femme se lient par un serment, mais la capitale de ce royaume universel c'est Paris, le centre des arts efféminés, des plaisirs à tous les étages, des bals, des fêtes, des soupers, des bains orientaux, des beautés à la croupe frétillante, le paradis des femmes, l'Eldorado des célibataires et l'enfer des maris!

Montez sur les hauteurs de Montmartre, regardez à droite et à gauche, à l'est et à l'ouest, au sud et au septentrion de la grande cité, et si vous avez la baguette du diable boiteux, cette baguette qui décoiffait les maisons, dites-moi, je vous prie, quel est le réduit, le palais, l'alcôve, l'atelier, la mansarde, le galetas où ce coquin-là n'ait pas ses petites entrées?

Le seigneur dit un jour à Abraham :

— Trouve dix justes dans Gomorrhe et Gomorrhe sera épargnée.

— Seriez-vous bien certain de trouver dans Paris dix maris dont l'honneur conjugal n'ait pas été plus ou moins effleuré?

Boileau croyait pouvoir en excepter trois dans son temps :

Il en est jusqu'à trois que je pourrais nommer.

Et s'il ne les nommait pas, c'était peut-être pour que la chronique scandaleuse du temps ne lui renvoyât pas un démenti.

Un prince de la famille d'Orléans donnait un grand bal.

— Savez-vous, dit-il à quelqu'un, quelles seront les conséquences de cette soirée? Trois ou quatre fluxions de poitrine et une douzaine d'adultères.

Prenons-en notre parti, ô mes confrères! Le cocuage poursuivi par les lois, réprouvé par la morale, toléré par la bonne compagnie, est si profondément entré dans les mœurs qu'il est devenu presque une institution.

III.

Janus.

La chose a deux faces, comme Janus. C'est à la fois la comédie et la tragédie de l'humanité.

Les philosophes, les mélodramaturges, les esprits chagrins et les maris amoureux de leurs femmes envisagent le monstre sous son aspect sombre, effrayant, terrible, portant au front ces huit lettres qui étincellent comme la lame d'un poignard : *adultère!*

Les vaudevillistes et la grande majorité des maris parisiens le regardent du côté où il porte un masque moqueur, gouailleur et tirant la langue, sur laquelle on lit ce mot rabelaisien : *cocuage!*

Adultère et cocuage, c'est pile et face, Othello et Georges Dandin.

Tout homme qui pense à se marier doit se demander d'abord de quel côté il regardera.

Le bonheur conjugal est donc une simple question d'optique.

IV.

Le monstre légitimé.

Le monstre était bien moins répandu à l'époque où les femmes ne cédaient, en donnant un coup de canif au contrat, qu'à l'entraînement de la passion.

Mais aujourd'hui, ce n'est pas toujours l'amour ou même le caprice qui jette une femme mariée dans les bras d'un amant, c'est l'intérêt et le calcul.

Voici un brave homme qui est sous-chef de bureau dans une administration publique, il a quatre mille francs de traitement. Sa femme lui a apporté vingt mille francs en dot, c'est donc avec les appointements une somme ronde de cinq mille francs par an à dépenser dans le ménage.

Monsieur est proprement vêtu, il a une table modeste, mais suffisante, un appartement convenable; son domestique se compose d'une cuisinière et d'une femme de chambre pour madame.

Madame a une toilette d'impératrice, elle se montre chaque mois avec une robe nouvelle, un nouveau chapeau, elle a des bijoux et elle porte des cachemires de mille écus.

Monsieur donne à madame cinquante francs par mois pour sa toilette.

Est-ce avec ces cinquante francs qu'elle achète une robe de dix louis, un chapeau de trois louis, des bottines, des gants, des rubans, des fichus, de la dentelle, sans compter tous les colifichets de l'élégance féminine?

Il y a là une *x* à trouver. L'*x*, c'est celui-ci ou celui-là qui, en sa qualité d'amant, orne l'autel de la divinité.

Un grand nombre de ménages parisiens se composent donc du mari qui donne le nécessaire, c'est-à-dire peu de chose, et de l'amant qui apporte le superflu, c'est-à-dire le principal.

Voilà comment certaines femmes sont parvenues à légitimer le monstre.

Le fournisseur d'accessoires s'implante peu à peu dans la maison comme chez lui, et dès lors il perd le prestige et même la qualité d'amant; il passe à l'état de second mari.

V.

Une anecdote.

Souvent il arrive qne le second mari n'empêche pas le sentiment.

Je veux dire que la femme ne voyant plus dans l'accesseur qu'une seconde édition conjugale un peu plus élégamment reliée que la première, se croit parfaitement autorisée à aimer d'une façon désintéressée.

Si les obstacles sont les aiguillons du

plaisir, voilà une femme bien partagée, car elle a deux Argus pour un à endormir.

Si le bonheur consiste dans l'accaparement illégal du bien d'autrui, voilà un homme bien heureux, car il vole deux maris à la fois.

Que de ruses! que d'habileté il faut au pilote féminin pour diriger son esquif sur cet océan d'aventures où elle n'évite Charibde que pour voir se dresser l'ombre menaçante de Scylla!

M.... a été marié par M. le maire du Xe arrondissement, mais il partage avec O.... le sceptre matrimonial. O.... joue dans la communauté le rôle presque légal de coadjuteur.

Un soir que O.... dîne en ville et que M.... est allé faire son wisth chez des amis, il y a chez madame réception intime.

Cependant M.... rentre tout à coup

chez lui; l'amant est aussitôt caché dans l'alcôve.

M.... arrive essoufflé dans la chambre de sa femme, s'asseoit un instant pour respirer, va ouvrir un meuble et prend sa bourse qu'il avait oubliée, après quoi il s'empare du premier chapeau qui lui tombe sous la main, et sort.

A peine dehors, il se gratte le front, son chapeau le gêne.

Il examine ce chapeau et découvre avec stupéfaction que ce n'est pas le sien.

— Bon! pense-t-il aussitôt, j'aurai pris le chapeau de O....

Et, plus tranquille, il se dirige vers sa partie de wisth, lorsqu'il se trouve nez à nez avec O...., qui avait abrégé son dîner et qui se dirigeait chez M....

— On ne peut se rencontrer plus à propos, dit M.... J'ai pris par mégarde votre chapeau; vous devez avoir le mien. Faisons un échange.

O.... prend le chapeau que lui tend M...., le regarde et s'écrie :

— Ce chapeau n'est pas à moi.

— Comment! mais à qui donc est-il? Et il rentre chez lui et parle de plaider en séparation.

Quant à O...., qui se voit trompé, il s'engage ailleurs comme tributaire.

VI.

Autre histoire.

Z.... est de garde à la mairie. À dix heures du soir il rentre chez lui pour échanger son uniforme contre son costume de pékin ; sa femme est déjà couchée.

— Ne te dérange pas, mon amie, je viens me débarrasser de mon bataclan, parce qu'il faut que je me trouve ce soir à un conseil de famille, en ma qualité de subrogé-tuteur de ton neveu ; le temps de passer ma redingote, et je me sauve.

Z.... endosse en effet une redingote

qui se trouve à sa portée, sur une chaise, et se rend à sa réunion.

Quand il entre, il voit que tout le monde le regarde avec étonnement.

— Ah, ça! lui dit quelqu'un, vous ne nous aviez pas dit que vous étiez décoré.

— Moi décoré! dit Z..., qui porte instinctivement ses regards à la boutonnière de sa redingote, et qui pâlit en voyant s'y épanouir le ruban rouge!

Z.... avait pris la redingote du commandant de son bataillon, que sa femme fêtait en l'absence du mari.

Le commandant se mit immédiatement en course le lendemain, et trois jours après, Z.... était réellement décoré.

Z.... n'avait pas volé cette distinction.

Voici une aventure qui s'est passée l'année dernière à Ville-d'Avray.

A...., propriétaire, avait la maladie de la pêche à la ligne; il se levait tous les matins à trois heures, pendant la belle saison, pour aller prendre des barbillons sous le pont de Sèvres.

A peine était-il parti, qu'un coup frappé au plafond avertissait un jeune locataire logé au-dessus qu'il était libre de venir prendre la place encore chaude de l'époux.

Un jour, A.... revient au bout d'un quart d'heure, au moment même où il venait d'être remplacé.

— Ne bouge pas, dit la femme à l'amant en entendant la clef jouer dans la serrure. Elle se lève aussitôt, va à la cheminée et vient se replacer dans le lit.

Le mari entre à tâtons, se dirige du côté de la cheminée à petit bruit, dans la crainte d'éveiller sa femme, cherche, furète, promène ses mains à droite et à gauche, et de guerre lasse, finit par s'en aller.

— Qu'était-il venu chercher? demanda l'amant.

— Je ne sais pas, peut-être sa tabatière; mais il n'y avait rien à craindre, j'avais eu soin de m'emparer de la boîte d'allumettes chimiques.

VII.

La vengeance d'un mari.

Un artiste célèbre avait épousé une femme qui le sacrifiait à un amant.

L'époux outragé voulut couper le fil

de cette intrigue; mais il avait affaire à une maîtresse femme.

— Vous m'avez épousée pour ma fortune, répondait-elle, et moi, je me suis mariée par vanité; partant nous sommes libres d'agir chacun comme il nous convient. Si ma façon d'être vous déplaît, séparons-nous.

Le mari ne voulait pas se séparer d'une femme qui avait vingt mille francs de rentes, mais il résolut de se venger.

Il connaissait l'amant de sa femme pour un être emporté et brutal. Un jour que celui-ci était venu le voir dans son atelier, l'artiste prit un air affligé et lui dit :

— Vous voyez en moi le plus malheureux des hommes.... Je peux vous le dire à vous, qui êtes un ami de la maison....

— Et qui vous rend si malheureux?

— Ma femme, dit l'artiste en baissant la voix.

— Bah ! répond l'amant.

— Oui, continue le mari, c'est une femme indigne; figurez-vous que je l'ai surprise avec son coiffeur.

— Corbleu! s'écrie l'amant devenu pâle.

— Avec son coiffeur, mon cher; mais que ceci reste entre nous.

L'amant tord sa moustache de colère, quitte l'atelier sous un prétexte quelconque, monte chez madame, et, sans explication préalable, lui administre une volée de coups de canne.

Notre artiste appelait cela une vengeance.

VIII.

Tout le monde à Corinthe.

Tous les moralistes qui ont traité à fond la question du cocuage ont été unanimes à reconnaître que les vertus, les qualités, la bonne humeur et même la beauté d'un mari, sont des paratonnerres insuffisants pour le préserver de la foudre.

On n'est pas frappé parce qu'on n'est

plus aimé de sa femme, mais parce qu'on est un mari.

Comment expliqueriez-vous sans cela le singulier goût de certaines femmes qui ont pour époux des hommes charmants, beaux, bien faits, spirituels, et qui prennent pour amants de véritables singes ?

L'amour de l'inconnu est donc la plus grande passion de la femme.

Il ne faut pas oublier l'histoire de cette vieille marquise qui, dans un moment d'abandon, avouait à un ami qu'elle n'avait jamais cessé d'adorer son époux, dont elle était tendrement aimée; mais que, malgré son amour, elle avait été pendant dix ans tellement tourmentée par la fièvre de l'inconnu, qu'après avoir résisté aux attaques des hommes de cour les plus aimables et les plus galants, elle avait un beau soir voulu manger son quartier de pomme avec le clerc d'un procureur au Châtelet.

— Ce fruit défendu n'est pas meilleur que l'autre, ajoutait-elle, il est même souvent plus amer; mais faites donc comprendre cela à celles qui n'y ont pas goûté.

Donc, toutes les femmes sont plus ou moins filles d'Ève, et Balzac, à mon avis, se trompe lorsqu'il attribue à mille petites causes secondaires le motif de la minotaurisation :

Un mari qui ronfle,
Un mari qui prend du tabac,
Un mari qui porte un toupet,
Un mari qui a engraissé, etc., etc.

Ces maris-là pourraient être minotaurisés tout aussi carrément quand ils seraient exempts des susdites infirmités.

Le toupet, le tabac, l'embonpoint, etc., ne sont pour la femme que des occasions pour ouvrir la porte toute grande aux capitulations de conscience. Si la raison de celle-ci lui faisait défaut, elle en trouverait mille autres.

Maintenant, si vous voulez agrandir l'horizon de la question et l'examiner sous tous les points de vue, vous serez convaincu que la fidélité absolue de la femme à son mari est un rêve, une utopie insensée.

Telle vertu inexpugnable pourrait-elle jurer la main sur la conscience qu'elle n'a pas été, une fois au moins, infidèle à son mari, en pensée?

Chacun sait combien la pensée est hardie, tout ce qu'elle se permet et comme elle bat des ailes dans le ciel azuré des désirs?

Telle femme qui n'a jamais commis

le péché matériel, mais qui s'est doucement laissé glisser sur la pente d'un rêve, sort souvent de cette extase intime moins pure que la femme qui a sauté le fossé.

D'où je conclus que les plaisanteries dirigées contre les maris notoirement trompés sont souverainement ridicules, attendu que tout le monde, depuis l'archonte jusqu'à l'esclave, va plus ou moins à Corinthe.

IX.

Les minotaurisés. A....

La famille des minotaurisés est innomblable, on y compte presque autant d'espèces qu'il y a d'individus.

Celui-ci est un tigre qui tourmentera sa proie jusqu'à la mort.

Celui-là fermera les yeux sur son malheur et aura l'air de ne se douter de rien.

Cet autre se frottera les mains en supputant la somme ou les avantages que doit lui rapporter son déshonneur.

A.... a été minotaurisé, il a en main les preuves flagrantes du délit; il jettera l'amant à la porte et tiendra désormais sa femme dans un perpétuel esclavage.

Pas un jour ne s'écoulera sans qu'il trouve le moyen de se venger. Tout lui servira de prétexte pour retourner le poignard dans le cœur de la victime.

Il arrive chez lui, le potage est froid ou tiède ou trop chaud.

— Horrible potage! il paraît que votre cuisinière a aussi des distractions, dira-t-il à sa femme.

— Mon ami, je ne sais ce que vous voulez dire.

— Vous devriez pourtant le savoir et ne pas me forcer de revenir à chaque instant sur un pareil sujet.

Après le dîner, il passe dans sa chambre à coucher et cherche ses pantoufles.

Elles ne sont pas à leur place.

— Pourquoi mes pantoufles ne sont-elles pas au pied de mon lit?

— Mon ami, les voici, c'est moi-même qui les ai posées là.

— Ah! je croyais qu'elles étaient aux pieds de *quelqu'un*.

Puis il fera des allusions à propos de ses rasoirs, de ses bretelles, de sa robe de chambre, de l'été, de l'hiver, de la pluie ou du beau temps.

La malheureuse femme n'a plus un seul instant de repos. Son mari n'est plus un homme, mais une Euménide.

X.

Les minotaurisés. B....

B.... a voulu être généreux.

— Madame, a-t-il dit à sa femme, je n'aime pas le bruit, je ne ferai pas d'esclandre. Pour cette fois, je vous pardonne.

La femme a été si touchée de la grandeur d'âme de son mari, qu'elle est tombée à ses pieds en se frappant la poitrine.

B...., qui a plus de vanité que d'amour, a voulu cacher à tous les yeux son infortune.

Mais la découverte de sa faute à produit chez sa femme une réaction, et elle s'est jetée, comme on dit, dans les bras de la religion.

Elle prend un confesseur et lui fait l'aveu de son crime.

Elle convoque ensuite sa mère, ses sœurs, leur révèle toute l'étendue de sa faute et fait ressortir la conduite magnanime de son époux.

Dans le monde, si elle parle de son mari, elle le loue d'une façon si extravagante, que le pauvre homme ne sait où se fourrer.

Au bout de quelque temps, toutes les connaissances de B.... savent son infortune.

B.... est le plus malheureux des hommes, il dit partout que sa femme est un modèle de vertu, mais qu'elle a la tête faible et qu'elle fait supposer par ses propos des désastres conjugaux qui n'ont jamais existé.

XI.

Les minotaurisés. C....

C'est l'antithèse de B...,

Vous le rencontrez un jour sur le boulevard, il vient à vous d'un air effaré et il vous dit :

— Eh bien! vous savez la chose.

— Non ; qu'est-ce que c'est?

— Mon cher, j'en suis; c'est un peu dur, mais cela est ainsi.

— Qu'est-ce que vous êtes?

— Vous ne comprenez pas? Je suis de la confrérie et il n'y a pas à le nier. J'ai surpris ma femme avec son amant.

— Ah!

— Elle prétend que ce n'est pas vrai, elle dit que je me fais des monstres, elle soutient *mordicus* que c'est une calomnie, mais on ne me trompe pas comme ça, moi.

— Mais enfin, êtes-vous bien sûr?....

— Puisque je vous dis que je l'ai vue comme je vous vois.

— Quelquefois, on croit voir....

— A d'autres; n'allez-vous pas prendre son parti. Oh! la gredine! elle ne m'a pas manqué. Mais ça ne se passera pas comme ça; je veux révéler son inconduite à tout le monde, je déchire le voile, je voudrais que tout Paris sût le fait; il faut qu'on la montre au doigt quand elle passera dans la rue.

Vous vous éloignez de ce forcené en répétant le vers célèbre :

L'honnête homme trompé s'éloigne et ne dit mot.

XII.

Les minotaurisés. D....

D.... a une autre tocade.

Il est minotaurisé au premier chef; sa

femme a eu un, deux, quatre, dix amants. Elle a fait en outre toutes les escapades connues et inconnues, mais D.... prétend que le cocuage n'existe pas.

Le monde, dit-il, vit depuis six mille ans sur cette vieille plaisanterie des maris trompés ; à en croire messieurs les vaudevillistes pas un galant homme ne serait à l'abri de ce malheur. Il serait temps de mettre un terme à cette vieille faribole. J'en cherche, moi, des maris trompés, et je n'en trouve pas. Où sont-ils ? qu'on me les montre. Je ne dis pas que dans le nombre, il n'en existe point quelques-uns, mais l'exception ne prouve rien. Allez, allez, jeunes gens, les femmes ne sont pas ce que vous dites, elles valent mieux que vous ne croyez, heureusement pour nous.

Et D.... débite cette tirade avec un air si convaincu qu'on se demande s'il n'est pas le seul dans tout Paris qui ignore sa position.

XIII.

Les minotaurisés. E....

E.... pose pour la rondeur et la bonhomie.

Il a été minotaurisé avec éclat; les débris de son malheur ont été recueillis par la *Gazette des Tribunaux*. Il s'est fait dans le monde un masque, un maintien, et il englobe tous les maris dans son infortune.

— Nous autres maris, on sait à quoi nous sommes exposés.... Un jour plus tôt, un jour plus tard, cela nous pend au nez. Puis il termine par la répétition de lieux communs, « quand on ne le sait pas, ce n'est rien; quand on le sait, c'est peu de chose, » etc.

Toutes les fois que E.... ouvre la bouche, on est toujours tenté de lui dire : Parlez pour vous.

Si je voulais crayonner la silhouette de tous les originaux qui foisonnent dans cette immense galerie, ce petit livre ne me suffirait pas.

XIV.

Le port de la tranquillité.

Vous épousez une femme jeune, belle, riche et honnête; vous seriez le plus fortuné des mortels, si elle n'avait, pour unique défaut, un caractère acariâtre.

En vain, vous faites tous vos efforts pour satisfaire le moindre de ses caprices ; elle grogne, elle vous cherche querelle, rien ne peut la contenter. Vous dites blanc, elle répond noir; vous êtes d'un avis, elle est d'un autre; le lendemain, vous adoptez son opinion de la veille et aussitôt elle la déserte pour vous contredire; bref, vous n'avez pas un moment de repos, et vous envoyez le mariage à tous les diables.

Homme jeune! il y a un moyen d'assouplir ce caractère de fer.

— Résister, me direz-vous, tenir bon, lutter jusqu'à ce que vous l'ayez brisé.

— Détestable méthode! C'est vous qui vous briseriez. Quand on a été assez favorisé du sort pour rencontrer sur sa route un de ces petits tempéraments nerveux, il faut courber la tête : un Alcide n'en viendrait pas à bout.

— Mais le fameux moyen?

— Le voici. Vous étiez attentionné près d'elle, soyez indifférent; vous ne quittiez pas la maison, ne restez plus chez vous; tâchez de faire accroire à votre femme que vous ne l'aimez plus, laissez-lui supposer que vous avez une maîtresse. S'il le faut absolument, entretenez une danseuse au mois ou seulement à la quinzaine.

Dans le premier mouvement de colère, votre femme cassera tout, brisera tout et vous arrachera les yeux; laissez-la faire et attendez.

Quelques jours plus tard, elle songera à se venger.

Un mois après, elle aura trouvé son vengeur.

A partir de ce moment, elle deviendra douce comme un mouton, timide comme une colombe, souple comme un gant. Jamais un gros mot, jamais plus une contradition. Votre femme se sentant coupable fera tous ses efforts pour vous persuader qu'elle vous aime plus que jamais.

Si vous êtes un philosophe, un ami du repos, vous aurez l'air de vous laisser prendre à tous ces faux semblants. Vous aurez acheté un peu chèrement le calme après lequel vous soupiriez depuis des années, mais vous aurez jeté l'ancre pour le reste de vos jours dans le port de la tranquillité.

Axiome de quelques époux parisiens :

L'amant a été donné à la femme pour la rendre plus aimable à l'égard de son mari.

XV.

Suite du précédent.

Cet axiome est tellement vrai qu'il arrive souvent qu'un mari amoureux d'une femme froide, indifférente, la voit tout à coup s'animer un beau soir comme la statue de Pygmalion.

— Enfin, pense le mari, je suis parvenu à rompre la glace; çà n'a pas été sans peine, mais le charme a opéré.

Et notre homme se frotte les mains et

marche d'étonnements en étonnements en découvrant un trésor inépuisable de science et d'ardeur dans cette femme naguère plus inexpérimentée qu'une vierge et plus froide que les glaçons de la Norwége.

Quand un mari fait une pareille découverte, s'il n'est pas tout à fait un fat ou un niais, il peut tenir pour certain que sa femme a dansé la valse de Faust.

Ordinairement, le mari, en mari qu'il est, est très-convaincu qu'il est le héros de la fête, tandis qu'il n'a, en réalité, que la desserte du festin de la veille, festin auquel il n'assistait pas, bien entendu.

XVI.

A quels signes on reconnaît....

Vous avez une jolie femme, et vous la défendez contre les attaques des galants, vous croyez avoir triomphé jusque-là, mais vous avez quelque doute à l'égard de M. un tel, joli garçon, et qui, avec une apparence modeste, parle aux bals, aux soirées, d'un peu près à votre femme.

Un matin, au milieu du déjeuner, vous dites tout d'un coup :

— C'est un bien brave garçon que M. N....

Vous regardez votre femme à la dérobée et vous surprenez un petit tressaillement.

Prenez garde, ça brûle. Il est temps de faire jouer toutes les pompes à incendie.

Trois jours après, vous revenez à la charge et vous dites à votre femme :

— Que pense-tu de N...?

— Moi, rien.

— C'est un bien charmant garçon.

— Je ne trouve pas.

— Tiens, moi qui voulais l'inviter à dîner ces jours-ci.

— Rien ne vous en empêche.

— S'il ne te convient pas, n'en parlons plus ; je ne veux pas t'imposer des gens qui te déplaisent.

— Il ne me plaît ni ne me déplaît.

— Toute réflexion faite, je ne l'inviterai pas.

— Pourquoi cela?

— Parce que....

— Ce sera comme vous voudrez, vous êtes le maître ici.

Et votre femme vous fait la moue toute la journée.

Mon cher, vous l'êtes en plein.

La femme qui en revenant du bal dit à son mari, en parlant d'un cavalier qui a dansé au moins deux fois avec elle :

— Ce M. X.... est un fat, un homme que je ne puis souffrir.

Cette femme, dis-je, trotte déjà en pensée vers les parages défendus.

Si au bout d'un mois, elle persiste dans son opinion à l'égard de X...., ou plutôt si elle l'exprime dans les mêmes termes, c'est qu'elle a chanté avec lui le duo jusqu'au bout.

Quelquefois, une femme a déjoué toutes les petites machinations du mari, elle a évité avec l'habileté d'une saltimbanque qui danse sur une nappe parsemée d'œufs tous les piéges que celui-ci lui a tendus, il faut alors recourir au moyen héroïque.

Pendant qu'elle porte une tasse de thé à ses lèvres, on prend un journal qu'on semble parcourir avec indifférence et l'on s'écrie :

— Ah! mon Dieu! ce pauvre X.... qui vient d'être surpris en conversation criminelle.

Si la tasse n'échappe pas des mains de la femme, c'est signe que le mari est sain et sauf ou que la femme est.... imprenable.

XVII.

Un vieux moyen.

Il existe un moyen, un piége grossier aussi vieux que le monde et qui réussit toujours aussi sûrement que le vol à l'américaine.

Mille petits indices vous ont démontré que votre femme vous trompe et que le minotoriseur est M. Z....

Vous redoublez de confiance auprès de votre femme, vous êtes plus empressé que jamais, vous allez même jusqu'à la galanterie, puis vous distribuez à Z.... des poignées de main en veux-tu en voilà, et vous proclamez partout que c'est le plus charmant homme qui existe et votre meilleur ami.

Quand l'amant et la femme sont bien convaincus que vous êtes affligé de la plus complète cécité, vous parlez d'une lettre que vous avez reçue et qui vous force d'aller passer, deux, trois ou quatre jours à Rouen, à Lyon ou au Havre.

Ce voyage vous contrarie beaucoup, mais il est indispensable de l'entreprendre, il s'agit d'une affaire grave, d'une succession, par exemple.

Le jour du départ, vous priez votre femme de faire votre malle elle-même. Vous vous informez si tous vos effets sont bien empaquetés.

— Tu n'as pas oublié mes chaussettes de laine, surtout.

— Non, mon ami; tu en as trois paires. Est-ce assez?

— Oui, c'est suffisant. Satané voyage! être forcé d'aller à quarante lieues par un froid pareil. A propos, et mes rasoirs sont aussi dans le portemanteau?

— Oui, mon ami.

— Mes mouchoirs, mes chemises, mes caleçons.

— Tout, tout.

— C'est que tu comprends, un homme marié loin de sa femme, c'est un corps sans âme, il ne sait plus où donner de la tête, si quelque chose lui manque.

— Tu n'as pas cela à craindre.

Le moment de la séparation arrive; qu'elle soit pleine d'effusion.

« Adieu, ma bonne amie, pense un peu à moi et surtout soyons sage.

— Grand enfant, va! »

Embrassades sur les deux joues.

Vous montez dans le fiacre et vous criez d'une voix de Stentor : « Au chemin de fer de Rouen. »

Parvenu à l'embarcadère, vous prenez un autre fiacre qui vous ramène près de chez vous. Là vous vous mettez en embuscade dans un coin de rue, dans un café, et de l'observatoire que vous avez choisi vous attendez l'arrivée de l'ennemi.

Mais je reconnais que votre femme est bien élevée, qu'elle ne met pas ses domestiques dans le secret de ses intrigues amoureuses.

Z... ne viendra donc pas chez vous en votre absence, mais c'est madame qui ira chez Z....

Si elle ne va pas chez Z..., elle le rencontrera quelque part, et de là le couple amoureux se dirigera vers un cabinet mystérieux et particulier.

Madame sort en effet; elle a une de ces petites toilettes négligées qui n'annoncent rien de bon pour le mari et qui prédisent tant de félicités à l'amant. Vous suivez madame qui se trouve avec Z.... au rendez-vous indiqué, et un quart d'heure après, lorsque les huîtres sont à peine gobées, vous tombez comme une bombe au milieu du potage.

Vous êtes fixé sur votre position; le reste vous regarde.

Je répète que ce trébuchet est infaillible.

Une grande dame s'y est encore laissé prendre le mois dernier.

Un diplomate, qui avait de vagues soupçons, logeait avec sa femme à l'hôtel des Princes pendant le temps de congé qu'il passait à Paris.

Un matin, un pli arrive du ministère des Affaires étrangères.

« Affreuse question d'Orient! s'écrie-t-il, elle ne laissera donc personne tranquille; me voilà forcé de partir aujourd'hui même pour mon poste.

— Mais, mon ami, je ne suis pas prête.

— Aussi serai-je contraint de partir sans vous. Vous viendrez me rejoindre à la fin de la semaine. »

Notre homme part, et rentre sournoisement chez lui au milieu de la nuit.

Il trouve dans son salon un beau jeune homme fumant sa pipe et enveloppé dans sa robe de chambre.

On ajoute que le jeune homme était un Russe.

XVIII.

Le piége aux hommes à bonnes fortunes.

Si vous êtes séducteur de votre état, si vous aimez à chasser sur la propriété d'autrui, ne vous préoccupez pas seulement de la beauté du gibier, mais du caractère et de la position sociale du propriétaire.

En d'autres termes, n'ayez jamais pour maîtresse que la femme d'un homme riche, ou tout au moins d'un honnête homme.

Si un honnête homme surprend le secret de vos relations avec sa moitié, le plus grand mal qu'il puisse vous arriver c'est d'échanger une balle avec lui.

Il existe à Paris des individus qui spéculent sur leur déshonneur comme sur une opération de commerce, et quelquefois leurs femmes sont leurs complices.

Je suppose que V..., qui a une jolie femme, soit un sacripant comme il y en a beaucoup dans tous les arrondissements de la grande ville.

Je suppose que Mme V... soit une de ces syrènes comme il en existe des milliers sous toutes les latitudes.

Immédiatement le couple s'entend pour jeter ses filets et pour prendre un porte-monnaie bien garni au trébuchet de la gaudriole.

M. V... invite tel personnage à venir

chez lui; madame se met sous les armes et joue admirablement de la prunelle.

L'invité voit une femme jolie, jeune, aimable, spirituelle, qui déploie pour lui toutes les grâces de la séduction, et le plus souvent il donne tête baissée dans le traquenard. D'ailleurs, s'il oppose d'abord quelque résistance, il sera bientôt vaincu, pour peu qu'il ait affaire à une femme habile.

Mme V... effleurera de ses cheveux blonds, et sans avoir l'air d'y prendre garde, la figure de l'homme convoité. Le haut du corps penché en avant, elle étalera un magnifique corsage dont l'œil pourra sonder tous les trésors, ou bien soulevée et abaissée avec cet art emprunté aux actrices, sa poitrine viendra en quelque sorte défier les lèvres du héros de l'aventure pendant que tour à tour fermée et béante la complaisante dentelle permettra à l'imagination de l'invité de rêver de fabuleuses richesses; puis, pour faire admirer la flexibilité de sa taille, elle se lèvera sous un prétexte quelconque, et le monsieur ne pourra s'empêcher de suivre du regard ce beau corps balancé par un mouvement de danseuse agitant sa robe.

Résistez donc à cette savante mise en scène!

Vous succombez et, ce qui est plus grave encore, vous devenez amoureux fou.

Désormais Mme V... tirera de son amant tout ce qu'elle voudra : des robes, des cachemires, des bijoux et même de l'argent.

Quand le feu commencera à s'éteindre dans le cœur de l'amoureux, quand on croira s'apercevoir que les sacrifices qu'il fait lui tiennent plus au cœur que le bonheur qu'on lui procure, on lèvera brusquement la toile sur le dernier acte de la comédie.

Un beau soir que l'amant et la maîtresse sont dans le tête-à-tête le plus expressif, le mari apparaît tout à coup comme le spectre de Bánco.

« Ah ! misérable ! vous que je croyais mon ami ; vous me payerez de votre vie la tache faite à mon honneur. La loi me donne le droit de vous tuer... »

La femme se précipite aux genoux de l'époux irrité.

« Grâce pour lui, s'écrie-t-elle, si vous frappez, ne frappez que moi. »

J'abrége ce hideux tableau. On ne sort de cette souricière qu'après avoir racheté sa vie en payant la rançon de l'amant. On souscrit des lettres de change au mari.

Interrogez les commissaires de police et ils vous diront que ce drame se joue très-souvent dans certains ménages parisiens.

XIX.

Le marche-pied.

Celui-ci a épousé une jolie femme dont il a mangé la dot. L'argent étant parti et la femme lui restant, il cherche à tirer parti de la femme.

S'il est employé dans une administration publique, il enverra sa femme chez son chef, chez son sous-chef. Quelquefois elle se faufilera jusque dans le cabinet du ministre.

Si la femme ne parvient pas à ses fins, le mari l'accusera de bêtise ou d'égoïsme.

Voilà toute la comédie sociale renversée! Cet homme court quelquefois après son propre déshonneur sans pouvoir le joindre.

Remarquez en passant combien peu la passion et l'amour sont en jeu dans la plupart des intrigues soi-disant amoureuses des femmes mariées.

Sur dix cocuages parisiens trois au moins sont provoqués par la femme du consentement du mari, quatre ont lieu par intérêt (châles, cachemires, diamants, etc.), deux par caprice, un seul peut-être est à moitié légitimé par la passion.

Le cocuage administratif a surtout fait de très-grands progrès. Regardez autour de vous et comptez tous les gens qui doivent leur position à l'amabilité de leurs femmes.

XX.

Lucrèce au bal masqué.

Z... a vingt-cinq ans : il a épousé une femme de dix-huit ans dont il est tendrement aimé.

Lui aime aussi sa femme ; mais il n'a pu se résoudre à dire un éternel adieu à sa vie de garçon.

Il court les foyers de théâtre, les loges d'actrices, bref il se comporte en véritable mari fashionable.

Sa femme lui fait des reproches, se désole, pleure. Mais à toutes les paroles qu'il lui adresse, Z... répond à sa femme qu'elle est folle et qu'il n'a pas de maîtresse.

Mme Z... apprend que son mari se propose de se rendre au bal de l'Opéra en compagnie de cinq de ses amis, et qu'ils doivent tous porter un déguisement semblable; c'est un des cinq amis qui lui a révélé ce secret.

Mme Z... met un domino et va elle-même se mêler à la grande cohue.

Elle remarque comme tout le monde dans la salle six pierrots portant, en guise de boutons à leurs vestes et à leurs pantalons, d'énormes bouquets de violettes de Parme. Son mari est un des six; mais comment le reconnaître?

L'ami qui a éventé la mèche la met sur la voie et lui indique Z....

Elle s'approche de lui, dissimule sa voix et entame l'intrigue.

Le pierrot, qui touche une main charmante, qui voit de grands yeux scintiller à travers les trous du masque de velours, qui devine une taille de roseau sous l'ampleur du domino, prend feu comme de l'étoupe.

Il est galant, il est empressé, il est plein de verve; la femme, de son côté, qui veut prendre son mari en faute, ne fait pas trop la cruelle, mais elle déclare qu'elle veut absolument rester inconnue.

Z... pense qu'il a affaire à quelque

grande dame à l'affût d'une aventure, et il bénit son étoile qui fait de lui le héros de cette intrigue.

Il devient plus galant, plus pressant, et propose à l'inconnue le dénoûment indispensable : le souper.

On accepte ; et les voilà qui fendent la foule bras dessus bras dessous; mais dans les couloirs du foyer la cohue est si grande qu'on ne peut rompre qu'avec une difficulté extrême ces vagues de satin et d'habits noirs; tout à coup une oscillation se produit qui pousse le domino d'un côté et le pierrot de l'autre.

Notre domino reste un instant abasourdi, puis il regarde, cherche et trouve enfin son pierrot auquel il dit : « Partons. »

On descend les escaliers, on traverse le vestibule et l'on monte dans un de ces fiacres qui vous conduisent tout droit au débarcadère de la Maison d'Or, sans qu'il soit nécessaire de dire un mot au cocher. . . . .

Les voilà dans le cabinet particulier, côte à côte sur le sopha.

. . . .

« Maintenant, dit Mme Z.... en se démasquant, pouvez-vous dire, monsieur, que vous n'avez pas tout fait pour m'être infidèle ? »

D'un geste brusque, elle fait sauter le masque du pierrot et reconnaît que ce n'est pas son mari.

L'infortuné est encore à la recherche de son domino dans les couloirs du foyer.

Mme Z.... s'est accrochée au bras d'un pierrot qui portait exactement le costume de son mari et qui a profité de la méprise.

Je pose cette question : Mme Z.... estelle coupable, et M. Z.... est-il minotaurisé?

Les uns disent oui; les autres disent non.

Ceux-ci pensent que la minotaurisation dépend essentiellement de l'intention et non du fait.

Mais, à ce compte, un mari qui enfermerait sa femme dans une chambre noire, qui ne lui permettrait de communiquer avec qui que ce soit, pourrait être minotaurisé tout aussi bien que celui qui la laisse complétement libre de ses actions.

XXI.

Remarques.

Un mari dont la femme sort une ou deux fois par semaine à dix heures du matin, pour aller au bain, est minotaurisé.

Si le prétexte du bain n'existait pas, la minotaurisation serait beaucoup plus difficile.

Est encore minotaurisé l'époux dont la femme va souvent passer la demi-journée chez sa mère.

La femme qui embrasse son mari devant quelqu'un le minotaurise.

Le mari de la femme qui va régulièrement à confesse est archi-minotaurisé.

Un mari qui se laisse appeler par sa femme : *Mon chat*, *mon chou*, *mon petit loulou*, est ou sera minotaurisé.

Un mari qui, dans un moment de colère, a donné un coup de cravache à sa femme, peut, en raison même de cette brutalité, éviter la minotaurisation.

Sont minotaurisés :

Le mari qui ne donne pas au moins deux cents francs par mois à sa femme pour l'article si important de la toilette;

Le mari qui a eu équipage et qui le supprime;

Le mari qui a l'habitude de se moquer des infortunes conjugales des autres devant sa femme;

Le mari qui sort trop souvent;

Le mari qui reste trop à la maison;

Le mari qui s'occupe trop de sa femme;

Le mari qui ne s'en occupe pas assez;

Et beaucoup d'autres maris dont l'énumération serait infiniment trop longue.

Avant la Révolution, le grand minotauriseur était le moine; aujourd'hui, c'est le médecin.

XXII.

Pourquoi X.... fut minotaurisé.

X.... avait quarante ans, beaucoup de suffisance et un toupet.

Comme il était très-leste, il paria, un jour que la compagnie dont il faisait partie prenait le frais dans le jardin, qu'il sauterait par-dessus des chaises, par-dessus des tables, et que personne ne l'imiterait.

Un gros et vieux monsieur, qui avait

à se venger des impertinences de X....,
lui dit :

« Je parie que, malgré votre habileté, vous ne ferez pas tout ce que je ferai moi-même. »

X.... accepte le pari du gros homme.

Il place une chaise devant lui et saute à pieds joints par-dessus.

Il franchit ensuite une table de la même façon.

Il fait trois ou quatre autres tours de force aux applaudissements de la compagnie, puis il engage le gros monsieur à en faire autant.

Pour toute réponse, le gros monsieur arrache son propre toupet et le jette par terre.

« Qu'est-ce que cela veut dire? demande X....

— J'ai gagné, monsieur, répond le

gros homme, car vous ne paraissez pas disposé à m'imiter. »

Les éclats de rire qui accueillent cette saillie prouvent à X.... qu'il n'est pas, en effet, le vainqueur.

Cette scène avait eu lieu devant la femme de X...., qui naturellement n'eut rien de plus pressé que de se venger d'un mari devenu ridicule.

XXIII.

Le rôle de l'amant.

—

Il ressort de tout cela qu'il est très-difficile de conjurer le monstre, et que l'homme d'esprit doit accepter franchement sa destinée.

D'ailleurs, il faut bien se persuader que si le mari est berné dans les comédies, dans les vaudevilles, dans les romans, c'est encore lui, en définitive, qui a le beau rôle dans la vie réelle.

Le rôle de l'amant est, au contraire, misérable, absurde, odieux presque toujours et très-souvent ridicule.

Un mari arrive à l'improviste chez sa femme, il sait qu'elle est avec son amant.

Le mari tousse, crache, fait du bruit avant d'entrer, pour qu'on ait le temps de coffrer l'amant dans un cabinet ou dans une armoire.

Le mari s'asseoit auprès du feu, cause avec sa femme, reste là deux heures, jouissant du trouble de celle-ci et de la position ridicule de l'autre; puis, s'il ne veut pas faire d'esclandre, il s'en va comme il est venu, marchant la tête levée, pendant que les deux complices sont obligés de se cacher comme des larrons.

— Quel est le plus ridicule de l'amant ou du mari?

Vous êtes l'amant d'une jolie femme; il faut que vous vous fassiez bien venir de l'époux pour avoir vos entrées dans la maison. Vous faites alors toutes sortes de bassesses et de petites infamies; vous vous efforcez d'être de son avis; vous supportez en souriant ses boutades, sa mauvaise humeur. Vous faites plus encore, vous faites sa partie de piquet s'il l'exige.

Le mari peut user et abuser de votre complaisance; il peut faire de vous une espèce de domestique.

« Dites donc, mon cher, allez-vous quelquefois au Marais?

— Jamais!

— C'est que je voudrais bien avoir tel objet qui ne se trouve que chez telle personne qui habite dans la rue Boucherat.

— N'est-ce que cela? j'irai demain matin.

— Vous êtes bien gentil. »

C'est encore vous qui êtes chargé de faire danser les tapisseries.

De reconduire les vieilles femmes qui ont besoin d'un cavalier.

D'apporter des joujoux et des sucreries aux enfants.

De faire le quatrième à une table de wisth.

De venir dîner tel jour parce que sans cela on serait treize à table.

Et tout cela pour qu'un beau jour le

mari vous dise que vous êtes un drôle, et qu'il vous mette à la porte comme un valet.

Tenez, mon cher amant, si vous aviez un peu de franchise, vous avoueriez que tout n'est pas couleur de rose au pays de la contrebande amoureuse, et que vous faites souvent un métier de galérien.

XXIV.

La prime en amour.

Ulysse, revenant du siége de Troie, trouve son palais envahi par les prétendants.

Il obtient en secret une entrevue de Pénélope, se fait reconnaître, l'engage à ne pas désespérer ses amoureux, et surtout à se faire donner par eux de riches présents.

Puis, quand Pénélope, la femme vertueuse par excellence, a tiré de chacun des prétendants les cadeaux les plus précieux, Ulysse intervient et poursuit ses rivaux à coups de flèches.

Voilà de l'habileté!

Un grand nombre de maris parisiens ressemblent, sous un certain rapport, au prudent roi d'Itaque.

Ils voient les cachemires succéder aux châles, les diamants aux bijoux, et ils ne soufflent mot.

Dans ces derniers temps, il y a eu un moment de fièvre agioteuse dont certains maris ont amplement profité.

Des gens haut placés dans la finance payaient leurs contributions amoureuses avec des actions qui faisaient prime.

Une femme disait, le matin à son mari : « M. X..., qui est à la tête de telle entreprise, veut faire participer toutes ses connaissances aux bénéfices de la prime; il m'a envoyé ce matin vingt-cinq actions. »

Le mari prenait les actions, courait à la Bourse et réalisait mille écus de bénéfice.

C'est ainsi que le patois de la coulisse et les préoccupations de la hausse et de la baisse ont pénétré dans le boudoir.

On ne peut se faire une idée de tous les adultères qui ont été causés par l'émission des Nord, des Strasbourg, des Genève, des mines houillières, des actions blanches, roses ou bleues.

Étonnez-vous que l'agent de change soit le plus heureux Faublas de notre temps!

XXV.

Une citation.

Si le cocuage est légèrement supporté par la majeure partie des maris, il faut reconnaître aussi qu'il est quelquefois la cause d'effroyables cataclysmes dans les familles.

Pour ne pas aller chercher bien loin des preuves à l'appui, on n'a qu'à lire la préface que le grand Balzac (je parle de celui qui vient de mourir) a écrite en tête de la *Physiologie du mariage*.

Que de crimes issus de l'adultère!

« Un fait eut lieu à Gand, dit Balzac. Attaquée d'une maladie mortelle, une dame, veuve depuis dix ans, gisait dans son lit. Son dernier soupir était attendu par trois héritiers collatéraux qui ne la quittaient pas de peur qu'elle ne fît un testament au profit du béguinage de la ville. La malade gardait le silence, paraissait assoupie, et la mort semblait s'emparer lentement de son visage muet et livide.

« Voyez-vous, au milieu d'une nuit d'hiver, les trois parents silencieusement assis devant le lit?

« Une vieille garde-malade est là qui hoche la tête, et le médecin, voyant avec anxiété la maladie arriver à son dernier période, tient son chapeau d'une main, et de l'autre fait un geste aux parents comme pour leur dire :

« — Je n'ai plus rien à faire.

« Un silence solennel permettait d'entendre les sifflements sourds d'une pluie de neige qui fouettait sur les volets.

« De peur que les yeux de la mourante ne fussent blessés par la lumière, le plus jeune des héritiers avait adapté un garde-vue à la bougie placée près du lit, de sorte que le cercle lumineux du flambeau atteignait à peine à l'oreiller funèbre sur lequel la figure jaunie de la malade se détachait comme un Christ mal doré sur une croix d'argent terni. Alors les lueurs ondoyantes jetées par les flammes bleues d'un pétillant foyer éclairaient seules cette chambre sombre où allait se dénouer un drame.

« En effet, un tison roula tout à-coup du foyer sur le parquet comme pour présager un événement.

« A ce bruit, la malade se dresse

brusquement sur son séant et ouvre deux yeux aussi clairs que ceux d'un chat. Tout le monde étonné la contemple. Elle regarde le tison marcher, et, avant que personne eût songé à s'opposer au mouvement inattendu produit par une sorte de délire, elle saute hors du lit, saisit les pincettes et rejette le charbon dans la cheminée. La garde, le médecin, les parents s'élancent et la prennent dans leurs bras. Elle est recouchée, elle pose la tête sur le chevet, et quelques minutes sont à peine écoulées qu'elle meurt, gardant même après sa mort son regard fixement arrêté sur la feuille de parquet à laquelle avait touché le tison.

« A peine la comtesse Van-Ostroëm eut-elle expiré, que les trois cohéritiers se jetèrent un coup d'œil de méfiance, et, ne pensant déjà plus à leur tante, se montrèrent mystérieusement le parquet.

« Comme c'étaient des Hollandais, le calcul fut chez eux plus prompt que leurs regards.

« Il fut convenu par trois mots prononcés à voix basse qu'aucun d'eux ne quitterait la chambre.

« Un domestique alla chercher un ouvrier, et leurs âmes collatérales palpitèrent vivement quand, réunis autour de ce riche parquet, les trois Belges virent un petit apprenti donner le premier coup de ciseau.

« Le bois est tranché!...

« — Ma tante a fait un geste..., dit le plus jeune des héritiers.

« — Non, c'est un effet des ondulations de la lumière..., répondit le plus âgé, qui avait à la fois l'œil sur le trésor et sur la morte.

« Ils trouvèrent précisément, à l'endroit où le tison avait roulé, une masse artistement enveloppée d'une couche de plâtre.

« — Allez..., dit le vieux cohéritier.

« Le ciseau de l'apprenti fit sauter une tête humaine, et je ne sais quel vestige d'habillement leur fit reconnaître le comte, que toute la ville croyait mort à Java, et dont la perte avait été vivement pleurée par sa femme. »

— La bonne histoire, dira-t-on. Et en admettant qu'elle ne soit pas un conte sorti de la féconde cervelle du romancier, elle ne peut, dans tous les cas, se produire à Paris. Cela se passe à Gand, c'est-à-dire aux antipodes.

Ah! si les chambres à coucher parisiennes pouvaient révéler tous les drames de cette nature dont elles ont été témoins!

XXVI.

Les vieux séducteurs.

Ce qui prouve bien que l'amour-propre est le sentiment qui domine dans l'homme, c'est que tous ces Faublas, qui ont passé quinze ans de leur vie à braconner à droite et à gauche, n'hésitent jamais à se marier, quand il ne leur reste plus que fort peu de cheveux et de santé.

Ils ont trouvé les femmes faciles et

les maris ridicules, mais ils sont convaincus que le bon Dieu s'est donné la peine de leur pétrir une femme à part, et qu'eux seuls échapperont au désastre général.

D'ailleurs, ne connaissent-ils pas toutes les rubriques? quelle femme pourrait tromper ces professeurs très-émérites de la séduction?

Qu'arrive-t-il cependant?

C'est que tout vieux Faublas fait un mari très-docile, très-aveugle et très-minotaurisé; ce qui ne l'empêche pas de raconter ses anciennes fredaines à tout venant et de berner ses anciennes victimes devant les amants de sa femme qui le fait cocu avec délices.

XXVII.

Conclusion.

Comme il n'y a pas de bon sujet qui ne s'épuise, je demande la permission de m'arrêter et de conclure en ces termes :

Puisque, malgré tous les vaudevillistes, tous les auteurs comiques, tous les romanciers farceurs, tous les diseurs de gaudrioles, les maris cocus ne s'en portent pas plus mal, il faut croire que la honte qui s'attachait jadis au cocuage n'est plus qu'un préjugé, et que les maris de Paris sont les maris les plus heureux et les plus spirituels du continent.

TABLE.

Imprimerie de Ch. Lahure (ancienne maison Crapelet
rue de Vaugirard, 9, près de l'Odéon.

www.ingramcontent.com/pod-product-compliance
Ingram Content Group UK Ltd.
Pitfield, Milton Keynes, MK11 3LW, UK
UKHW021225230726
13926UKWH00003B/1246